COSTA OESTE

A SOMBRA DAS ÁRBORES

A sombra das árbores gañou o II Certame de Textos Teatrais
Roberto Vidal Bolaño (2019), convocado pola Editorial Galaxia
e o IES Ribeira do Louro.
Formaron o xurado, o dramaturgo Carlos Labraña,
a actriz Mónica Camaño, o profesor Delio García Represas
e a dramaturga Raquel Castro, como secretaria con voz e sen voto.

1ª edición, 1ª impresión, 2019

© ANA ABAD DE LARRIVA, 2019

© EDITORIAL GALAXIA, S. A., 2019
Avenida de Madrid, 44, baixo - 36204 Vigo
www.editorialgalaxia.gal

ISBN 978-84-9151-406-0
Depósito legal VG 528-2019

Fotografía da autora
© David Rodas

Deseño da cuberta
Hayat Husein

Ana Abad de Larriva

A SOMBRA DAS ÁRBORES

II Certame de Textos Teatrais Roberto Vidal Bolaño

EDITORIAL GALAXIA

Mesmo na sombra pode abrollar o extraordinario.

REGRAS DE XOGO

Asombra das árbores *formula as bases para unha peza escénica aberta, proposta para un grupo de actores e actrices con ganas de brincar e crear de xeito colaborativo. Cada texto pide a creación dun xogo, unha danza de palabras, de accións, de corpos, de luces e de sombras... As actrices e os actores preséntanse como persoas escénicas, ao servizo do xogo teatral, e mediante o seu corpo e a súa voz van habitando o espazo, baleiro ou non, e debuxando nel traxectorias visuais e curvas sonoras, debullando personaxes corais, personaxes figura ou silueta, personaxes alegóricas...*

É moi interesante partir do corpo para xerar o traballo coas imaxes e cos textos e non dunha concepción mental previa de personaxes definidas, para chegar a novas imaxes e sensacións ancoradas de xeito físico, sen buscar encaixar formas externas.

Proponse repartir e fragmentar aínda máis os textos e diálogos, tanto para adaptalos ao número de actores e actrices como para darlles máis textura, despersonalizalos e, á vez, facelos de todos e de todas. Ademais, a clave do xogo é ir máis alá do texto, ir sempre alén, a partir dun traballo que pasa polo corpo e se imprime no corpo e deixa un eco. Hai anotacións que suxiren atmosferas ou que establecen unha relación narrativa, semántica ou morfolóxica entre os diferentes cadros que poden ser empregadas como ferramentas ou recursos de partida para a creación escénica dos mesmos, ou aparecer como textos emitidos oralmente ao par da acción escénica, reforzándoa e favorecendo as transicións, así como a conexión do público co percorrido que fai a peza. Ás veces, en cambio, o texto mesmo pode ser un pretexto para que o corpo exprese, fale ou cale; para que o corpo, en definitiva, simplemente sexa e habite o seu acto de estar, gañando o poder e a confianza que lle deben ser propios. Tamén se inclúen ilustracións, que poden ser empregadas como material creativo.

Na dramaturxia formúlanse preguntas, que servirán para que os actores e actrices reaccionen a elas mediante a súa propia expresión artística, dende un proceso de autoexploración e autocoñecemento, que se conecta e evoluciona nun traballo grupal colaborativo. Xa que logo, cada cadro convida a un traballo exploratorio previo de carácter xestual e vocal a partir de diferentes parámetros e recursos: traballo coa kinesfera, cos niveis (baixo, medio, alto), coas traxectorias espaciais, cos elementos da natureza, coa apertura e o peche corporal, coa presenza... que combine aprendizaxe e creación.

Preséntase un camiño que evoluciona nese labor na autoexploración e no autocoñecemento; na mellora das habilidades expresivas e comunicativas e na autoestima, así como no apoderamento, que se plasmará na creación escénica e na conexión co público, para introducilo nas atmosferas e na viaxe polo bosque; para xerar nel uns efectos. Tamén se admite e celebra a proposta e incorporación de novos materiais que xurdan do que ese traballo ou as inquedanzas persoais de cada actor ou actriz suxiran. De feito, convídase a empregar este libro como un caderno de creación que cubrir de anotacións e ao que engadir novos referentes e materiais.

Neste xogo, o taboleiro é o espazo baleiro; as fichas, o corpo e a voz dos actores e actrices. Non hai dado; a quenda parte da escoita desas figuras que habitan o espazo. A partir de aí, todo é posíbel.

1
UN BOSQUE DE SOMBRAS

O espazo pode estar baleiro, ou non. Poderían situarse pólas secas, reviradas, nodosas, en lugares que non supoñan un perigo ou impedimento para o movemento das actrices e actores; ou outros elementos naturais con diferentes texturas. Porén, van ser sempre elementos atopados en estado inerte, non como consecuencia de danar ningún ser vivo, sexa animal ou vexetal. Eses elementos e texturas tamén poden ser evocados unicamente a través do traballo corporal e expresivo dos actores e actrices, que se moven no espazo baleiro. Non se busca facer teatro de sombras como xénero nin tecnicamente, senón traballar dende a sensación de ser unha sombra, de partir dun personaxe pouco definido a priori, que o actor ou a actriz poida vincular co seu imaxinario persoal e coas sensacións corporais que o termo "sombra" lle poida causar. Pódese xogar, á vez, con como en condi-

cións de luz tenue a súa sombra se reflicte nas pare-
des, nunha interesante duplicidade.

Un bosque de xestas
e pólas
secas
vellas
mestas
retortas,
algunhas mesmo mortas,
que non lembran onde están.

Un bosque de sombras
enmarañadas,
enguedelladas,
que foxen as unhas das outras.
Sombras que tremen,
que se agochan,
que se repelen
e que se atopan,
batendo as unhas coas outras.
Son sombras que non saben onde van.

É noite, noite pecha. A noite é estrelada; así e to-
do, pouco se ve. As sombras, cos seus troncos revira-
dos e tolleitos, cúrvanse para apalpar o chan e buscar
o camiño. Ao bater unhas coas outras, soltan laios
vocálicos en acordes menores.

As sombras, que semellan árbores secas, danzan un baile triste e descompasado, ao son dos seus propios laios e os murmurios do bosque. É unha sinfonía xorda de pólas que abanean ao rozamento do vento, de aves nocturnas que pairan dunha árbore a outra, da auga do regato que escorrega polos coios.

2
OS ATOPADOS

Nesa sinfonía de sons e sombras, dúas das sombras baten xordamente unha contra da outra. *Emiten sons quedos que semellan queixumes. Van buscando articular o son, con voces que renxen e parecen mesmo atascarse. Tras un diálogo de sons inarticulados, comezan a falar.*

—Quen... es?
—Que?
—Que quen es.
—Que quen son?
—Si.
—Pois son...
—Es...
—Son quen son.
—Pero quen es?!
—Pois eu...

—Que?
—Son... Eu.
—Que dis?
—Digo que son Eu.
—Ohh... Iso non pode ser.
—Por que?
—Porque eu tamén son Eu.
—Ti tamén es Eu?
—Si, creo que si.
—Como é iso posible?
—Mais non somos a mesma persoa...
—Que eu saiba, non.
—Que eu saiba, tampouco.
—Porén, somos os dous Eu.

Escóitase unha voz que parece saír da nada:

—Eu tamén son Eu!

—Ao mellor Eu é un nome máis común do que pensabamos.
—Si, iso parece.

Escóitanse máis voces:

—Eh, eu tamén son Eu.

—E Eu.

—E Eu!

—E Eu...

—Pois debe de ser o nome máis común nesta fraga...
—Si...

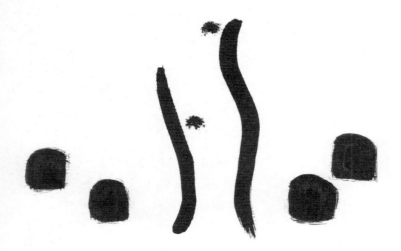

3
DEPREDADORES

En todo bosque hai depredadores; en toda cidade, tristemente, tamén. A súa fame, emporiso, é outra. Dúas voces conversan, aínda que poden ser máis; pode ser unha voz que dialoga cun coro de voces; ou un coro de voces que dialoga con outro coro de voces. O espazo: un non-lugar e, á vez, tantos lugares posibles. Que accións fan os corpos que emiten esas voces?

—Tía! Non sabes o que me acaba de pasar.

—O que?

—Pois que viña pola rúa e un tipo comezou a chamar por min: "Nena, ven aquí!", "Ven aquí, nena!"

—E ti que fixeches?

—Pasei del.

—Ah.

—Pero el seguía a chamarme e eu apurei o paso e el comezou a seguirme.

—Que?

—Si, el estaba parado, mais como viu que eu non lle facía caso, comezou a seguirme.

—En serio, tía?

—Si. Eu comecei a correr e el botouse a correr tamén.

—Que medo, tía!

—Menos mal que conseguín chegar ao portal e meterme dentro.

—Pechaches a porta detrás de ti?

—Claro.

—Coitada. Estás ben?

—Estaba asustada, mais agora...

—Que?

—Agora estou cabreada de ter que pasar medo, de non poder ir tranquila, de ser molestada, acosada...

—E menos mal que conseguiches entrar no portal e pechar a porta...

De súpeto, interveñen outras voces, ou as mesmas.

—A min tamén me dan medo as sombras que percorren as rúas pola noite, que asexan polas esquinas e tamén no medio da rúa; as que seguen os meus pasos e se deteñen cando eu paro. As que chaman por min ou mesmo me declaran intencións obscenas. As que se pegan á sombra, as que se coan no medo e provocan angustia. As que queren abalanzarse sobre min e amosarme o terror.

—Temos que organizar unha patrulla contra sombras perigosas. Para detectalas e neutralizalas.

—Como?

—Facendo que a patrulla de sombras de luz sexa tan grande, forte e poderosa que non permita a actuación das sombras perigosas, que as neutralice e lles quite o seu poder.

4
O MANTO PROTECTOR

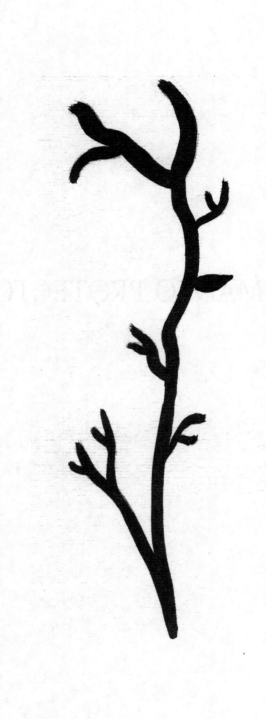

Q*uen con lobos anda, a ouvear aprende —ou, polo menos, a gruñir.*

—Gustaríame verme cuberta por un manto protector feito de ortigas, cosido por unha fileira de eirugas procesionarias, cando me sentise ameazada, molestada, acosada, atacada. Querería verme rodeada por unha envoltura que afastase o perigo, que provocase un proído tan grande no morro e nas gadoupas dos depredadores que non se volvesen achegar. Un manto natural, con filamentos rematados en pinguiñas de mucilaxe, coma os do orballo de sol, cos que atrapa os pequenos insectos que se pousan neles. Unha cuberta natural e antiga que abrolla da terra e me abeira de calquera perigo.

Nalgún momento do texto anterior, o resto dos corpos entran en escena, escorregando polo chan, e vanse achegando, reptando, erguéndose a cámara lenta como enredadeiras que, ondulantes, van arrodeando o seu corpo e van conformando un manto mol, que se move ao par dela. De súpeto, ao lonxe, ouvea un lobo.

5
RESPECTAR OS LINDES

Ao ir dar un paseo polo bosque cómpre bordear as árbores xa medradas, evitando pisar os carballos novos que naceron á beira do camiño e respectando os lindes da propiedade privada. Os actores e actrices camiñan debuxando unha topografía espacial moi definida e concreta, sendo moi conscientes da súa kinesfera e visualizándoa coma unha bóla protectora de cor concreta, así como buscando manter unha distancia para que as kinesferas non se toquen. Porén, de súpeto, alguén decide superpoñer a súa kinesfera á doutras persoas. De xeito progresivo, máis persoas comezan a modificar as súas traxectorias e a cruzarse con outras kinesferas. Como se producen esas relacións entre kinesferas e como reacciona o corpo que sente a súa kinesfera atravesada? Como inflúe o xeito en que esa kinesfera é tocada? Prodúcese unha coreografía de interaccións case dan-

zadas, en que esa acción de atravesar kinesferas é
máis suave, ou máis forte, é maior ou menor... ata
que se producen os choques físicos entre corpos.
Durante toda esa partitura de movementos e encon-
tros, emítese o seguinte texto:

Ti estás aí
e eu estou aquí.
Ti tes dereito a estar aí
e eu teño dereito a estar aquí.
Os dous temos dereito a estar onde estamos
——e a ser o que somos.
Mais EU estou AQUÍ
e ti estás aí.

Si, claro que tes dereito a estar aquí tamén,
neste lugar público,
ou non público,
aquí,
mais "aquí" é un concepto ambiguo
para ti,
non para min.
Para min é clarísimo.
Aquí non é AQUÍ.
Tes dereito ao aquí
como espazo baleiro
mais non a "aquí", comigo aquí

neste lugar.
O lugar é un pretexto
para agochar de xeito patético,
que non estratéxico,
os teus intentos.

O aquí que ti queres,
o meu corpo,
é un lugar libre de conquista.
É un lugar que non che pertence
e que non che está permitido
saquear,

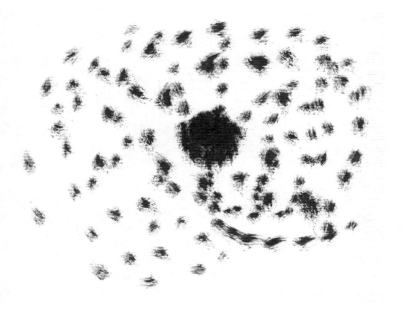

a pesar de que tantos coma ti o teñan feito
dende que o sol foi visto por esta especie
humana
—aínda que non sempre o sexa.

6
A ÁRBORE

H ai un bosque de mil árbores, todas de costas. De pé, coas pernas separadas ao ancho das cadeiras e o tronco ergueito, de súpeto, as actrices e actores senten coma se centos de raíces rebuldeiras quixesen saír dos pés e afondar cara abaixo. Mais, que acontece cando hai pesos que impiden que o tronco e as pólas medren e que as raíces afonden?

Eu quería ser unha árbore
pero as pólas caíanme cara á terra.

Eu quería ser unha árbore
mais as raíces rubían polo solo
en vez de afondar.

Eu quería ser unha árbore
mais eles puxéranme pedras
penduradas da copa, apertadas ao tronco,
arredor da base,
para converterme nun *bonsai* de colección.

E eu só quería ser...
unha árbore, unha montaña,
algo que é e xa está,
mais eles querían que fose algo que non
era
e
que non querería xamais ser:
alguén que NON era.

E, pouco a pouco,
conseguín ir guindando cada pedra,
moi lonxe,
e estirei as galliñas retortas
e afondei as raíces reviradas
e simplemente fun;
fun o que sempre fora,
mesmo con todas aquelas marcas de guerra:
un ser libre.

Cando, finalmente, as raíces afondan, e hai unha
sensación de estar en conexión coa profundidade da

terra dende o abdome, baixando polas pernas e seguindo polos pés, é moito máis difícil que unha persoa sexa movida, tanto por empurróns físicos como por descualificacións ou cousas que non saen do xeito esperado... E, dende esa sensación, aprende a camiñar.

7
AS CORES DA FRAGA

Para pintar unha fraga en outono, fai falla unha superficie clara sobre a que plasmar as cores. Pódense empregar pigmentos ao gusto: a cor zume verde permanente, terra de siena natural, carmín de alizarina… ou ter moita imaxinación. Un sinxelo foco que cambia de cores tamén pode axudar a ver as formas dende outra perspectiva.

UN: Azul.
DOUS: Como?
UN: Azul.
TRES: Que estás a dicir?
UN: Que é azul.
DOUS: Deixa
TRES: de
CATRO: dicir
CINCO: parvadas.

Todas as voces menos Un: AS SOMBRAS NON
PODEN SER AZUIS!
Catro: Poden ser negras.
Tres: Ou grises.
Cinco: Nunca azuis.
Un: Pero a miña é azul.
Dous: Que azul?
Un: Non sei...
Tres: Creo que é azul cerúleo.
O resto de voces menos Un (*Dirixíndose a Tres.*):
Como?
Tres: Si, non me parece que sexa azul ultramar.
Dous: Non dicías que as sombras só podían ser
negras ou grises?
Tres: Iso me parecía, pero esta definitivamente
non cumpre coa regra.
Catro: Todas as sombras cumpren coa regra.
Tres: Non, de feito, a túa tampouco o fai.
Catro: Que dis??
Un: A túa agora é da cor do carmín.
Catro: IMPOSIBLE!!
Tres: Si, é carmín de alizarina.
Cinco (*Mirando para Un, con certo susto.*): Están
a mudar!

*Comeza un xogo de luces de cores que fai que
as sombras dos corpos teñan un halo de cor. Co*

cambio de cor, cambia o tipo de movemento dos corpos. Como bailan os corpos con sombras de cores? Como afecta cada cor ao estado de ánimo e ao movemento?

8
RUBIR ÁS ÁRBORES

R ubir ás árbores ofrece moita perspectiva. *Porén,*
se se fai, hai que facelo amodo, para non man-
car a árbore, para non mancarse. Tres focos
escénicos, en diverxencia:

—Eu subo...
—Fotos.
—Ti subes...   —Eu subía ás   *Varios actores*
—Fotos.   árbores   *ou actrices*
—Ela sobe...   e agatuñaba por   *serven de*
—Fotos.   elas   *portadores para*
—El sobe...   e vía pasar o   *que outros*
—Fotos.   mundo por   *actores ou*
—Nós subimos...   debaixo das pólas   *actrices sexan*
—Fotos.   da cerdeira,   *portados e ruban*
—Vós subides...   mais agora a   *por eles e se*

—Fotos.
—Elas soben...
—Fotos.
—Eles soben...
—Vídeos.

cerdeira secou
e só vexo o
mundo
a través destas
cinco polgadas.

coloquen nun
nivel máis alto.

9
DETRÁS DAS MATOGUEIRAS

Subir ás árbores ofrece outra perspectiva e agocharse detrás das matogueiras durante un tempo breve pode servir de abeiro contra algún perigo ou mesmo de lugar de reflexión. Así e todo, se pasa demasiado tempo, as pernas comezan a entumecerse, a matogueira empeza a picar e non queda espazo para estirarse e desenvolverse e seguir camiñando.

Os actores e actrices desenvolven un xogo de espellos, en diverxencia. Fano por parellas: unha é a persoa, a outra o reflexo. As persoas observan o seu reflexo, analízano; o reflexo segue a persoa. A persoa sorrí e o reflexo tamén. Son persoas aparentemente felices, mais o reflexo non o cre de todo. Ás veces, si que nota un certo aceno de tristura e preocupación na cara que o mira e, por uns segundos, devolve unha imaxe que des-

borda aflición. Porén, axiña se recompón e volve sorrir.

—Negar a sombra é negar esa parte de nós que ten medo, que está triste, ou perdida. É sorrir para que a máscara a agoche; é meter a cabeza no burato e non ver o que está debaixo do aceno finxido, da calma aparente. É tapar iso que non nos gusta, iso que é diferente.

De súpeto, os reflexos comezan a ir máis por libre. Cústalles facer aquilo que se lles pide. A sombra, o reflexo, non é quen de agochar o que realmente sente a persoa. Cada vez é máis e máis rebelde. As persoas tentan seguir sorrindo e mesmo deixan atrás o reflexo, mais este perségueas.

—Mais a sombra teima en aparecer, en reflectirse cando menos o esperamos ou cando menos nos convén. Non chama, non anuncia a súa chegada; simplemente se amosa. E podemos decidir ignorala, mais só conseguiremos que nos persiga máis e máis. A outra opción é vela, recoñecela, aceptala e bailar con ela. Apertala, ensinarlle e concertar con ela unhas novas regras de xogo, mellores para nós e para as persoas que nos arrodean. Só así é posible unha danza de sombras cheas de luz que se coidan entre elas e se abrazan con agarimo infindo.

Entón, as persoas deciden poñerse de novo fronte a fronte cos seus reflexos. Comeza unha nova interacción, en que as persoas observan cada detalle do reflexo e comezan a imitalo, ata que acaban por guiarse entre os dous, mirándose aos ollos, dándose a man e bailando con novos xestos, novos movementos, novas faces.

10
A TOBEIRA

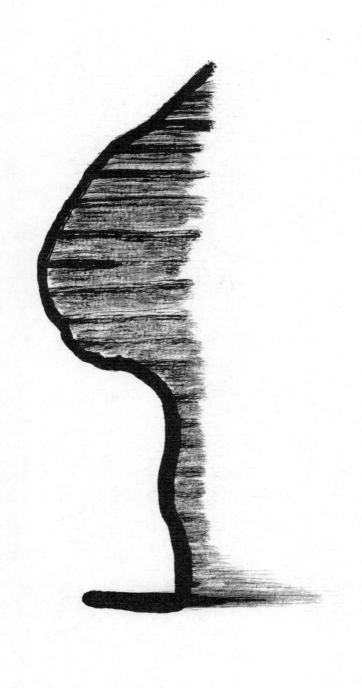

En vez de saír ao exterior, hai outra opción para abandonar a matogueira: meterse nunha toba fonda e quedar nela mesmo máis alá do comezo da primavera. De que xeito se pode pechar o corpo para converterse nunha toba allea ao mundo? O escenario é tomado por corpos pechados, foco interno e ollos afundidos.

—E os bos momentos compartidos murchaban diante de min, desaparecían; remataban os días de sol, as tardes de chuvia, os paseos á beira do cantil, as noitiñas escoitando cantar os grilos...

Todos eles esvaecíanse a medida que me ía sumindo dentro daquela toba hermética ao mundo, que contemplaba dende a distancia dunha pequena fiestra táctil.

11
TERRA SECA

Porén, eses corpos conseguen ir abríndose pouco a pouco e proxectarse no mundo exterior. Deciden plantar unha semente.

—Quérote...
—Quéresme?
—Quérote.
—Quérote ou quéroche...?
—Quéroche...
—Ah, e que é o que que me queres?
—Quéroche dicir que...
—Que...
—Que te quero.
—Ah.
—Ah?
—Grazas.

Mesmo así, por moito que se queira plantar unha árbore, se a terra é seca, non abonda con regar e regar sen fin. Hai que pensar en buscar outro terreo máis propicio.

12
A ECLOSIÓN DO BOSQUE

Nun bosque non hai só unha miríade de cores, senón tamén de formas. Hai árbores con feituras moi diferentes: máis altas, máis baixas; con copas redondeadas, piramidais, pendulares... Mesmo as árbores do mesmo tipo presentan características diferentes e nunca vai haber dúas árbores iguais. Tamén hai arbustos e matas. Hai animais moi diversos. E todos e todas elas forman parte do ecosistema e lle outorgan a súa riqueza.

No escenario, as actrices e os actores constrúen un bosque a partir de todo o traballo desenvolvido e presentado nas escenas anteriores. É un bosque abondoso en vida. Pode haber sementes que abrollen e vaian medrando ata se converteren en maxestosas árbores que estendan as súas pólas coma se dun abanico se tratase; ou árbores que xa estean ben chanta-

das no solo e que sigan a expandirse... Non só se rescatan personaxes das secuencias previas, senón tamén accións físicas ou verbais, que funcionan como pequenos flashes, pequenas repeticións con variación, xa que, esta vez, non hai sombra nos contornos; cada elemento aparece tal cal é, sublimado, levado á súa máxima expresión.

A escena desenvólvese a partir de tableaux vivants *que evolucionan e se van transformando. Hai unha alternancia entre imaxes fixas e movemento. Búscase neste un ritmo por oposición entre accións desenvolvidas a cámara lenta e outras executadas de xeito moi rápido. Afóndase na relación colaborativa entre os actores e actrices dende as construcións físicas que estean a traballar. Preséntase un bosque cheo de vida e de matices, establecéndose un gran contraste coa primeira secuencia: os movementos son acompasados e hai unha presenza segura e proxectada por parte dos actores e actrices... Xa non hai sons vocálicos en acordes menores. O espazo escénico desborda acordes maiores e unha danza de festa.*

13
A SOMBRA DAS ÁRBORES

Continúan a escoitarse os sons da secuencia anterior, aínda que dun xeito máis sutil, máis quedo, destacando o murmurio do ar abaneando as pólas das árbores. Pouco a pouco, baixo algunhas dás árbores, comezan a agromar seres, que se nutren da súa sombra e frescura. Como son eses seres vivos que nacen á sombra das árbores? Que pode nacer ou renacer das nosas sombras agora que aprendemos a bailar con elas?

O espazo escénico vai quedando ás escuras.

—Cambiou o vento na fraga e xa...
    —Xa non se sente o medo.

—Hai un frescor mol na sombra das árbores...

—É un frescor que arrola,
dá sustento
arroupa
e xera unha explosión de vida.

E os sons vocálicos alegres, que quedaran suspendidos, volven e debuxan unha canción de berce.

EPÍLOGO

EPÍLOGO

Entrar no bosque e atravesar as sombras non é tarefa doada. Cómpre ter a valentía de dar o primeiro paso para cruzar os lindes da fraga e internarse na espesura, sobre todo cando é de noite. Ao comezo, todo semella descoñecido e perigoso. Unha séntese perdida e sen saber moi ben quen é ou cara a onde vai. Hai que ir esquivando e defendéndose dos depredadores e, á vez, aprender a respectar os lindes dos outros e das outras.

É preciso ver a esencia propia, recoñecer a sombra e bailar con ela; tamén coas outras. Localízanse os lugares onde gorecerse e repousar e as atalaias dende as que obter perspectiva no bosque, para saír deles con forza e buscar terreos propicios para plantar novas sementes.

A eclosión da fraga trae unha nova calma. Cae á noite, pero o corpo só sente acougo, porque xa percorreu o camiño do bosque, porque xa sabe que sendeiros tomar e cales esquivar. Non ten medo das sombras, pois xa bailou con elas e pode permitir que da súa propia sombra brote algo novo, cheo de vida, como os seres que medran ao abeiro das árbores, na escuridade e no frescor agarimoso que estas lles ofrecen.

ÍNDICE

Este libro,
A SOMBRA DAS ÁRBORES,
de *Ana Abad de Larriva*,
rematouse de imprentar en
Obradoiro Gráfico, S. L.
o 17 de outubro de 2019